ひとりよみ名作

プリンセス
ものがたり

再話 マーリー・マッキノン
絵 ロレーナ・アルヴァレス

もくじ

5
まめの上(うえ)にねたおひめさま
アンデルセン童話(どうわ)より

13
カエルの王子(おうじ)
グリム童話(どうわ)より

21
はだかの王(おう)さま
アンデルセン童話(どうわ)より

29
12人(にん)のおどるおひめさま
グリム童話(どうわ)より

39
ねむりひめ
シャルル・ペロー童話集より

47
王さまとナイチンゲール
アンデルセン童話より

57
火の鳥
ロシア民話より

65
雪の女王
アンデルセン童話より

85
空とぶ馬
『アラビアン・ナイト』より

まめの上にねた おひめさま

むかしむかし、ある王子さまが、おひめさまとけっこんしたいと、のぞんでいました。それも、ほんもののおひめさまでなければいけない、と思っていました。

王さまとおきさきさまも、うなずきました。
「ならば、あちこちに使いをおくって、花よめこうほをさがそうではないか」王さまが言いました。
　ところが王子は、「いいえ、ぼくは自分でさがしたいのです」と言って、家来をあつめ、馬ににもつをつんで、旅に出ました。
　王子と家来たちは、村から村へ、町から町へとたずねてまわり、たくさんのおひめさまと出会いました。
　うっとりするほど、うつくしいおひめさまもいました。ごうかなお城にすむ、お金もちのおひめさまもいました。頭のいいおひめさまも、心のやさしいおひめさまもいました。
　王子はかんしんしたり、うっとりしたりしましたが、あいてがほんもののおひめさまかどうかは、わからないと思いました。

まめの上にねたおひめさま

　王子たちは、どんどん遠くまで行きました。山の上のぶきみなお城や、さばくの古いお城もたずねました。
　おどりのじょうずなおひめさまや、きれいな歌声のおひめさまには、王子はせいだいに、はくしゅをしました。王子をじょうずにわらわせるおひめさまや、なかせるおひめさまもいました。
　それでも王子は、どのおひめさまを見ても、「この人は、ほんもののおひめさまだろうか？」と、ずっとうたがっていました。
　家来たちは、「そんなことは、わかるはずがありません」と言います。
　王子は、「ほんもののおひめさまに出会ったら、ひと目でわかる気がするのだが」と言って、ためいきをつきました。

とうとう王子は、さがすのをあきらめて、すごすごとお城に帰りました。王さまとおきさきさまは、しょんぼりしている王子を見て、こまってしまいました。
　ある夜、あらしが来ました。かみなりが鳴って、どしゃぶりの雨がふっています。そんな中、びしょぬれのむすめが、お城のとびらをたたいて言いました。
「わたしは、まいごになった王女です。ほんもののおひめさまなんです」
　王さまは、あやしく思いました。

「おひめさまが、馬車にものらず、家来もつれずに旅をするだろうか？」
　おきさきさまも、あやしく思いました。
「おひめさまが、ごうかなドレスも、宝石もなしで出かけるかしら？」
　それでも、むすめをお城にむかえて、あたたかいおふろをすすめ、ドレスを出してあげました。

まめの上にねたおひめさま

　きれいなドレスにきがえると、むすめはすっかりおひめさまらしくなりました。いっしょに食事をしながら、王子は、とてもすてきなおひめさまだと思いました。王さまとおきさきさまは、王子がひさしぶりに楽しそうな顔をしたのを見て、よろこびました。
　おきさきさまは「どうぞ今夜はおとまりなさい」と、むすめに言いました。
　そして、めし使いにベッドのしたくをさせました。ところが、おかしなことに、おきさきさまは、へやまで来て、こまかく注文をつけるのです。
　まず、ベッドのまん中に、ひとつぶのまめをおきました。そして、12まいのマットをのせて、その上に、12まいのふとんをかけるように、と言いました。さいごに、はしごをもってこさせました。むすめがベッドにのぼったり、おりたりするためです。
　みんな、なんだかへんだと思いましたが、だれも口に出しませんでした。

まめの上にねたおひめさま

まめの上にねたおひめさま

　つぎの朝、おひめさまは青い顔をして、つかれたようすで出てきました。
　おきさきさまは、たずねました。
「ゆうべは、よくねむれましたか？」
　おひめさまは、おどおどしながら答えました。
「親切にしてくださって、たすかりました。でも、マットの下になにかがあるようで、ねごこちがわるくて、ぐっすりねむれなかったのです」
　おきさきさまは、ほほえみました。王子の顔がぱっと明るくなりました。
「なんて、びんかんなんだろう！　この人こそ、ほんもののおひめさまだ」
　そして、ふたりはけっこんし、まめは、はくぶつかんのガラスケースの中に、だいじにかざられました。もしかしたら、今でも、のこっているかもしれません。

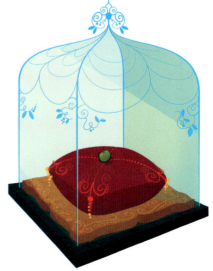

カエルの王子
おうじ

むかし、ある王さまが、ひとりむすめのおひめさまに、うつくしい金のボールをあたえました。おひめさまはそのボールをとても気に入って、いつまでもあきずにあそびました。

カエルの王子

　夏になると、おひめさまはいつも、すずしいこかげであそびました。そこには、井戸があるのです。ある晴れた日、ボールを空になげてあそんでいると、ボールが手からすべって、ふかい井戸の水に、ポチャンとおちてしまいました。
　おひめさまは、あわてました。
「わたしのボール！　お父さまのプレゼントなのに！　どうしたら、とれるかしら？」
　井戸をのぞいてみましたが、とてもふかくて、水面は、はるか下です。とてもおりてはいけません。そのとき、がらがら声が聞こえてきました。
「なかないで。ぼくがとってあげるよ」

カエルの王子

　あたりを見まわしても、つやつやしたみどり色のカエルが、井戸のふちにちょこんとすわっているだけでした。そのカエルが言いました。
「ぼくがボールをとってきたら、かわりになにをしてくれますか？」
　おひめさまは、なきながら言いました。
「なんでもするわ。金でも、宝石でも、なんでもあげるわよ」
「いいえ、ぼくは金も宝石もいりません。そのかわり、友だちになってください。いっしょに食事をして、いっしょにお茶をのんで、夜には、ベッドでいっしょにねましょう」
「ええ、なんだってやくそくするわ。でも、やくそくしてもしかたがないでしょう？　カエルがボールをとってこれるわけがないもの」
　ところが、カエルは井戸にとびこむと、前足でボールをもって、ピョンととびだしてきました。

カエルの王子

カエルの王子

　おひめさまはびっくりして、ボールをひったくると、お城に走って帰りました。うしろから、かすかに声がします。
「まって！　おひめさま、まってください！　おひめさま、さっきのやくそくは……」
　おひめさまは、ふりかえりもせずに、走りつづけました。お城につくと、とびらからするりと中に入って、かんぬきをかけてしまいました。
　その夜、おひめさまが広間で食事をしているとき、外でなにやらピチャピチャ音がしました。みんながしんとすると、がらがら声が聞こえてきました。
「おひめさま！　やくそくしたじゃありませんか！」
　おひめさまはぎょっとして、スープのスプーンをおとしました。みんなにじろりと見られて、はずかしくて顔が赤くなりました。
　王さまがたずねました。
「どうしたんだね？」
　おひめさまは、わっとなきだして、王さまとおきさきさまに、なにもかもうちあけました。

カエルの王子

王さまはきびしく言いました。
「やくそくをしたのなら、まもりなさい」
　そのとき、とびらが開いて、カエルがピョンととびこんできました。みんながだまって見ていると、カエルはピョンピョンはねながら、おひめさまのそばへ行って、テーブルにとびのりました。そして、おひめさまのスープをのんだのです。おひめさまは、ぎょっとしました。
「ああ、おいしい！」カエルは言いました。
　おひめさまは、いやな顔をして、スープのおさらをおしのけました。そして、広間からかけだして、自分のへやに行きました。ところが、カエルがうしろからついてくるではありませんか。ピチャ、ピチャ、ピチャ……。
「わたしのベッドに入ったら、ゆるさないわよ！」
　おひめさまはさけんで、カエルをつまみあげました。そして、ぎゅっと目をとじると、かべにむかって力いっぱいなげつけたのです。

カエルの王子

　けれど、すぐにこうかいして、つぶやきました。
「ああ、カエルさん、ひどいことをして、ごめんなさい」
　ところが、目をあけると、そこには、もうカエルはいませんでした。かわりに、やさしそうな王子さまが立っています。
「ありがとう。ぼくは、わるいまほう使いに、カエルのすがたに、されていたんです。だれかが、ぼくにあやまらないかぎり、もとにはもどれないと言われていました。きたならしいカエルにあやまる人なんて、いないと思っていたけれど、あなたがまほうをといてくれました」
　おひめさまはびっくりしました。
「まあ、ほんとうに？」
「ところで、ぼくの友だちになってくれませんか？」
　おひめさまは、にっこりわらいました。
「もちろんよ！　王子さま、おなかはすいていませんか？　食事の広間にもどりましょう」

はだかの王さま

むかし、あるところに、お金もちで強い王さまがいました。王さまは、山も、森も、みずうみも、町も、村も、島も、たくさんもっていました。

はだかの王さま

けれど、王さまは自分の国にも、お城にも、宝ものにも、きょうみがありませんでした。きょうみがあるのは、きるものだけでした。

王さまはりっぱなふくをたくさんもっていて、朝、昼、夜と、きがえをしました。毎日たっぷり時間をかけて、きがえをすると、外へ出かけて見せびらかすのでした。

ぐんたいのようすを見に行くときは、いつも兵士たちに「このふくをどう思うか？」と、たずねます。オペラやバレエを見に行くときは、自分がぶたいの上のだれよりも、はなやかでなければ気がすみません。

けれど、王さまは新しいふくをきても、すぐにあきてしまいます。「ちょっと、じみだな」とか、「もっと王さまらしい、りっぱなふくでなければ」とか、もんくばかり言うのです。

はだかの王さま

　ある日、見知らぬ男がふたり、お城にたずねてきました。
「わたくしどもは、すばらしいぬのをおって、すばらしいふくをしたてる、しょくにんです。ほんとうに頭のいい人、ほんとうに、ゆうしゅうな人にしか見えない、とくべつなふくを作るのです」
　王さまは考えました。
「それはすばらしい！　そんなふくがあれば、頭のいい大臣と、頭のわるい大臣が、すぐに見わけられるぞ。頭のいい大臣にしか、ふくが見えないのだからな。では、さっそく1ちゃく、ちゅうもんしよう」
　しょくにんたちは、王さまのへやにまねかれ、ぺこぺこおじぎをしました。
「王さま！　このたびは、まことにありがとうございます。こんなわたくしどもでよければ、よろこんでふくをお作りいたします」

はだかの王さま

　ふたりはすぐさま、お城の中に、はたおりきを組みたてました。そして、王さまからたんまりお金をもらって、ごうかな金の糸をどっさり買いこみました。ところが、買った糸はどこかにかくしてしまったのです。そして、糸もつけずに、さもいそがしそうに、はたをおるふりをはじめました。
　王さまは、じっとまっていましたが、どんなふくができあがるのか気になって、のぞいてみたくなりました。
　けれど、ふと心配になりました。
「もし、ぬのが見えなかったら、どうしよう？　王さまだというのに、頭がわるかったら、たいへんだ。みんなにばれたらどうしよう？　そうだ、そうり大臣に見に行かせよう。頭のいい男だから、かならず見えるだろう」

そうして、そうり大臣が、ようすを見に行きました。しょくにんたちが糸を使わずに、はたをおるふりをしているのを見て、そうり大臣はびっくりしました。しかし、ぬのが見えないと言えば、頭がわるいと思われてしまいます。しかたがないので、王さまにうそをつきました。
「すばらしいぬのです！　とてもごうかで、なんともうつくしいもようです！」
　とうとう、うそのぬのができあがりました。しょくにんたちは、ぬのをはたおりきからはずすふりをしました。そしてはさみで切ったり、はりをさしたり、ぬったりするふりをして、うやうやしく王さまにさしだしました。
「なにも見えないぞ！」
　王さまは、あわてました。
　家来たちも、「なにも見えない！」と思いましたが、だれも口に出して言えません。

はだかの王さま

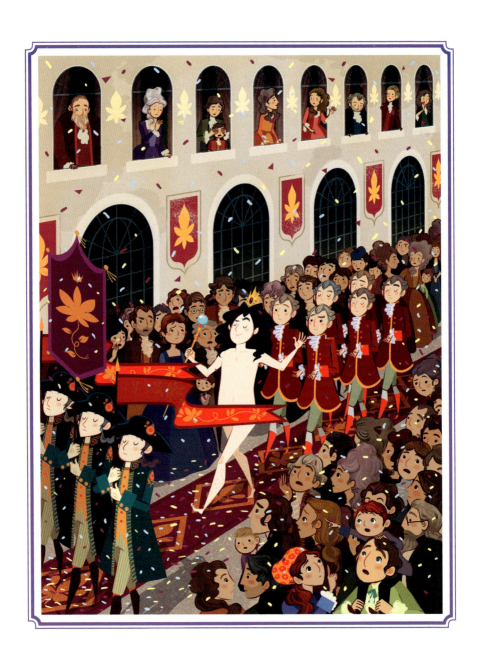

はだかの王さま

　しょくにんたちは、ぬのを引っぱったり、おさえたりするふりをしながら、王さまに、うそのふくをきせました。そして、家来たちが長いマントのすそをもつふりをして、ぞろぞろと町をねり歩きました。

　王さまのすばらしいふくをひと目見ようと、人びとがぎょうれつを作りました。けれど、みんな、王さまのすがたを見てだまりこみました。自分が頭がわるいせいで、うつくしいぬのが見えないと思いこんでいるのです。

　そのとき、ひとりの小さな男の子がさけびました。

「父さん！　王さまは、はだかだよ！」

　すると、あつまった人たちは、口ぐちにつぶやきました。

「そうだ！　王さまは、はだかだ！」

　きゅうに強い風がふいて、はだかの王さまは、ぶるっとふるえました。けれど、がまんするしかありません。王さまは、むねをはって、どうどうと歩きました。

　じつは、しょくにんたちの正体は、さぎしでした。はだかの王さまを見て、わらいながら、こそこそにげていき、そのあとは、にどとお城に近づきませんでした。

12人の
おどるおひめさま

あ る国に、12人のうつくしいおひめさまがいました。とうの上の大きなへやに、12台のベッドがあり、夜になると、12人いっしょにねていました。

とうの入り口には、まいばんかぎがかけられ、見はりがつきます。けれど、朝、へやからおりてくるとき、ひめたちはいつも、ぐったりしていて、ねむそうなのです。めし使いたちは、ひめたちのダンス用のくつがすりへっているのに気がつきました。どこかに行っていたのかと、ひめたちにたずねても、だれも答えません。

とうとう王さまがおこりました。

「わしの城で、ひみつはゆるさん。どこへ行っていたのか、話さないなら、わしにも考えがある」

そして、おふれを出しました。

「3日のうちに、ひめたちの行き先をさぐりあてた男は、ひめをひとりえらんでけっこんし、わしのあとつぎになるがよい」

あちこちから、りっぱなわかものたちが、うんだめしにやってきました。12人のひめは、その人たちを、やさしくもてなして、しんしつのとなりの小べやにあんないしました。けれど、わかものたちは、なぜかすぐにねむってしまい、だれも夜中のようすをさぐれません。そして……。

3日たっても、答えを出せなかった男は、つぎつぎと国からおいだされました。

　ある日、ひとりの兵士が、遠くから、とぼとぼと歩いてきました。兵士は、道でばったり出会った見知らぬおばあさんから、12人のひめたちの話を聞きました。

「それは、みょうな話ですね。わたしも行って、ようすをさぐってみましょう」

　おばあさんはわらいながら言いました。「ぜひとも、行っておいで。ただし、ひめたちが出すのみものは、ぜったいにのんではいけないよ。そして、ねむったふりをするがいい。そうそう、これをもってお行きなさい」

　おばあさんは茶色いマントを、兵士にわたしました。

「このマントをはおると、すがたが見えなくなるんだよ。こっそり、ひめたちのあとをつけなさい。うまくいきますように！」

その夜、ひめたちは兵士にやさしくほほえみかけ、あたたかいのみものをさしだしました。
「おいしい手作りののみものよ。どうぞ」
　兵士は、おれいを言いましたが、みんなが目をはなしたすきに、こっそりまどからすてました。そして、ベッドにもぐりこんで、いびきをかくふりをしました。
　しばらくすると、となりから、ひめたちのはしゃぐ声が聞こえてきました。兵士はマントをはおり、足音をしのばせて、近づいていきました。
　ひめたちは、ぶとう会用のきらきらしたドレスをきて、とても楽しそうです。ベッドを1台どけると、ゆかにひみつのとびらが、あらわれました。ひめたちは、そこから、ひみつのかいだんをおりていきました。
　兵士も大いそぎで、あとをおいました。

かいだんをおりて、外に出ると、銀の森がありました。月あかりの中、銀色のはっぱが光っています。兵士がそのえだを1本、ポキンとおると、すえっ子のひめが、くるりとふりかえりました。

「今の音はなにかしら？　だれかが、ついてきてるわ！」
　姉たちは言いました。
「だいじょうぶよ。ひみつのかいだんは、今までだれにも見つかっていないんだもの。あの兵士さんなら、ラッパが40回鳴ってもおきないわ。さっきの音は、きっとキツネよ」
　銀色の森をぬけると、こんどは金色の森が広がっていました。そのつぎは、ダイヤモンドの森がありました。
　兵士は、金色のえだも、ダイヤモンドのえだも、1本ずつおって、マントにしまいました。すえっ子のひめが、心配そうにふりかえりましたが、もう姉たちには言いませんでした。

12人のおどるおひめさま

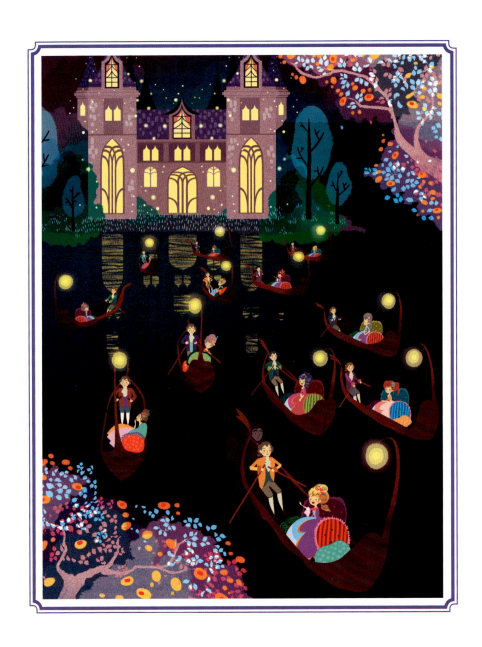

やがて、ひめたちは、きらきら光るみずうみに出ました。そこに12人の王子がまっていて、あかりをともしたボートで、ひめたちを、むこうぎしまでつれていきます。兵士は、すえっ子のひめのボートに、こっそりのりこみました。
　ボートをこいでいる王子が首をかしげました。
「おかしいな。せっせとこいでいるのに、なかなかすすまない。それに、ぼくたちのボートだけ、半分しずんでいる」
　むこうぎしには、お城があり、とびらやまどから光がもれ、ぶとう会の音楽があふれています。12人のひめは、中に入って、王子たちとおどりはじめました。兵士は、だれにも見られずに、ついていきました。
　やがて夜が明けて、ひめたちは、ねむい目をこすりながら、王子たちのボートで、みずうみをわたってもどりました。
　ボートがきしにつくと、兵士は、先回りして森をぬけて、ひみつのかいだんで、とうにのぼりました。ひめたちが帰ってきたときには、もうベッドの中で、ねたふりをしていたのです。ひめたちは、兵士のいびきを聞いてわらいました。

　つぎの日の夜も、兵士はひめたちのあとをつけて、ぶとう会に行きました。こっそりおどりにまじったり、ならんでいるごちそうから、アーモンドケーキや、ぶどうをとって食べたりもしました。
　3日めのばんには、金色のグラスをとって、こっそりマントの中にかくしました。ときどき、すみのほうでいねむりしましたが、ひめたちが王子のボートで帰るときにおいていかれないように、ずっと気をつけていました。
　つぎの朝、王さまは兵士をよんで、たずねました。
「むすめたちが夜どこへ行くのか、わかったかね？」
　ひめたちは、くすくすわらっていましたが、兵士がベルベットのふくろから、銀、金、ダイヤモンドのえだと、金のグラスを出したのを見て、まっ青になりました。

「おひめさまたちは、ひみつのとびらから外に出て、ひみつの国のみずうみのほとりに行くのです。そこに、12人の王子がまっていて、ボートでむこうぎしのお城につれていきます。ひめたちは、ぶとう会でひとばんじゅう楽しくおどります。そして、夜が明けるとき、また王子のボートで帰ってくるのです」

　王さまは、ひめたちのおどろいた顔を見て、兵士の話がほんとうだとわかりました。

「ほうびをつかわそう。どのひめがよいか、えらぶがよい」

　兵士は言いました。

「わたしと年の近い、いちばん上のおひめさまに、けっこんをもうしこみます」

　その日の午後、ふたりは、けっこんしきをあげ、国じゅうがおいわいしました。けっこんしきのぶとう会は、1週間もつづいたということです。

ねむりひめ

むかしむかしのお話です。ある国の王さまとおきさきさまには、なかなか子どもができませんでしたが、あるとき、とうとう女の赤ちゃんをさずかり、国じゅうの人がよろこびました。

ねむりひめ

　せいだいなおいわいの会が開かれ、7人のようせいがまねかれました。ようせいたちは、おくりものとして、小さなひめに、まほうをかけました。

　さいしょのようせいは、「ひめさまがバラのようにうつくしくなりますように」と、となえました。つぎのようせいは、「ユリのように気高く」と、となえました。ほかのようせいたちも、つぎつぎと、ひめにまほうをかけました。やさしく、かしこく、歌声がきれいで、ダンスがうまくなるように……。

　そのとき、いきなりとびらが開いて、ぼろぼろの黒いガウンをまとったようせいが、おこって入ってきました。そして、にくしみに顔をゆがめて言いました。

　「このカラボスをわすれていないかね？」

　おきさきさまは、ふるえながら言いました。

　「ああ、カラボス！　そんなつもりは……」

ねむりひめ

カラボスは、ひめのゆりかごをのぞきこんで、つえをふり、まほうをかけました。
「これが、わたしのおくりものだ。おまえは16さいになったとき、つむぎばりが、ゆびにささって、死ぬのだ！」

だれもが、ぎょっとして、おきさきさまは気をうしなってしまいました。そのとき、7人めのようせいが、さっと前に出ました。
「わたしはまだ、おくりものをしていません。カラボスののろいはとけませんが、かるくするまほうをかけましょう。おひめさまは、死ぬのではなく、100年のねむりにつくのです」

つぎの日、王さまは、糸つむぎをきんしして、国じゅうの糸車をすてろと、おふれを出しました。あらゆる村と町の広場でたき火がたかれ、糸車がもやされました。

国じゅうから、つむぎばりがなくなって16年がたち、ひめは、うつくしいむすめにせいちょうしました。

ねむりひめ

　16さいのたんじょう日、楽しくかくれんぼをしていたひめは、とうのとびらを見つけました。
「こんなとびら、知らなかったわ」
　わくわくしながら中に入ると、きゅうなかいだんをのぼっていきました。とうのてっぺんの小さな丸いへやでは、見知らぬおばあさんが、まどべにすわっていました。手には、ひつじの毛と、なにやら木でできた、くるくる回る道具をもっていました。
「なにをしているの？」
　ひめはたずねました。
「糸車で糸をつむいでおります。こうして毛糸を作るのです。おひめさまもやってごらんなさい」
　ところが、つむぎばりに手をふれたとたん、ひめはさけび声をあげて、ゆかにたおれました。おばあさんは、たすけをよび、家来がかけこんできました。けれど、だれがよんでも、なにをしても、ひめは目をさましません。

ねむりひめ

　ひめは、しんしつにはこばれ、ベッドにねかされました。そのとたん、ふしぎなことに、城じゅうの人が、ふかいねむりにつきました。

　王さまとおきさきさまは、りっぱないすにすわったまま、うとうとねむりはじめ、こうしゃくたちはベルベットのいすの上で、ぐったりとねむりました。せっせとはたらいていためし使いたち、りょうりをしていたコックたち、見はり台にいた兵士たちは、ゆかでよこになってねむりました。馬は、馬屋でねむり、犬は外でねむりました。ひさしのツバメたちの鳴き声も止まりました。

　やがて、100年がたちました。

　イバラがしげって、かべをすっかりおおいかくし、お城はてっぺんしか見えなくなりました。王さまも、おきさきさまも、おひめさまも、人びとからわすれられて、今では新しい王さまが国をおさめています。

ねむりひめ

ねむりひめ

　ある日、ひとりの王子が馬にのってお城の近くを通りかかりました。そして、イバラのしげみの上から、お城のてっぺんが見えているのに気がつきました。なんだろうと思った王子は、馬からとびおりて、けんをぬき、イバラを切りながら近づいていきました。

　お城につくと、あちこちに人がたおれていました。死んでいるのかと思いましたが、よく見ると、ねむっているだけです。王子は、へやからへやへと見てまわり、ついに、ひめのところに、たどりつきました。

　そして、ひめのあまりのうつくしさに、王子は思わずキスをしたのです。

　すると、ひめが目をあけて、にっこりほほえみました。王子は、「ぼくとけっこんしてください」と、ささやきました。ひめは、「はい」と答えました。

　ツバメたちが歌いはじめ、犬たちがワンワンほえだしました。王子とひめは、手をとりあってかいだんをかけおり、王さまとおきさきさまに知らせに行きました。こうして、お城はゆっくりと、いきをふきかえしたのです。

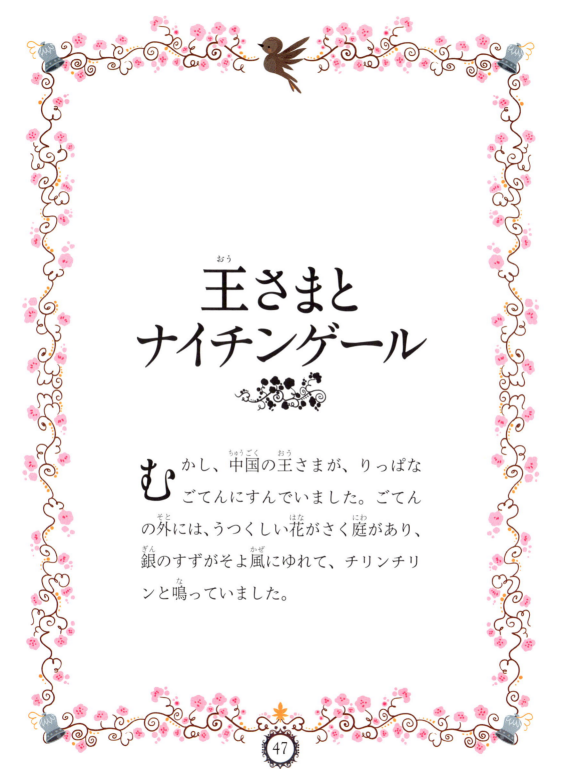

王さまと
ナイチンゲール

むかし、中国の王さまが、りっぱなごてんにすんでいました。ごてんの外には、うつくしい花がさく庭があり、銀のすずがそよ風にゆれて、チリンチリンと鳴っていました。

王さまとナイチンゲール

　庭の外には、しずかなみずうみと森があり、さらに外には海があります。海のそばには、ナイチンゲールといううつくしい声の鳥がすんでいました。
　ナイチンゲールは、見た目は、さえない小さな鳥ですが、歌声がとてもうつくしく、聞いたものは、みんな立ちどまって耳をすませ、ためいきをついて、ほほえむのです。
　遠い国から、たくさんの人が王さまのごてんにやってきて、この国で見たすばらしいものについて、いろいろと本に書きました。なかでも、とくにすばらしかったのは、ナイチンゲールの歌声だと、だれもが書いたほどでした。
　あるとき、王さまが、たまたまその本を読んで、顔をしかめました。
「ナイチンゲールとはなんだ？　それほどめずらしい鳥なのに、このわしが知らなかったとは！」

王さまとナイチンゲール

　王さまは、大臣たちをよびあつめて、たずねました。けれど、だれもナイチンゲールのことは知りません。王さまは、めいれいしました。
「今夜までに、ナイチンゲールをつれてまいれ！」
　大臣たちも、ごてんのめし使いたちも、大あわて。王さまののぞみをかなえなければ、あとでひどいばつをうけるのです。けれど、ナイチンゲールとはなんなのか、どこをさがせばいいのか、さっぱりわかりません。
　しばらくして、台所ではたらく少女が言いました。
「ナイチンゲールなら知っています。海の近くの母の家に行くと、ときどき歌声が聞こえますから。ゆめのようなすばらしい声ですよ」
「すぐに、あんないしてくれ！」
　大臣たちは少女のあとについて、出かけていきました。

野原でウシが鳴くと、大臣たちは「あれが、ナイチンゲールかね？」と、たずねました。
「いえいえ、まだです」少女はわらいました。
　みずうみのほとりでカエルが鳴くと、大臣たちは「あれが、ナイチンゲールだな！」と言いました。
「いえいえ、まだです」少女はにっこりしました。
　ちょうど日がくれるころ、海べに、たどりつきました。少女が「しーっ！」と言ったとき、ナイチンゲールが歌いはじめました。
「すばらしい！」
　大臣たちは、うっとりと聞きほれました。歌がおわると、いちばんえらいチェンバレン大臣が、せきばらいをしました。
「えっへん。小さな鳥よ、王さまがおまえの歌をのぞんでいらっしゃる。われらについてこい」

　すると、ナイチンゲールは言いました。
「わたしの歌は、外で聞くのがいちばんです。でも、王さまのたのみなら、わたしは、ごてんにまいりましょう」

王さまとナイチンゲール

その夜、ごてんにたくさんの人があつまって、ナイチンゲールの歌を聞きました。みんながしずかに耳をすませると、銀の光のような声が、あたりに広がりました。王さまは、むねをうたれて、目になみだをうかべました。

歌がおわると、王さまは、さかんにはくしゅをしました。
「おお！ なんと、すばらしい！ 小さな鳥よ、ほうびになにがほしいかね？」
「いいえ、なにもいりません。王さまのなみだが、なによりのごほうびです」

それから、ナイチンゲールは、金のかごに入れられて、とてもだいじにされました。1日に3回、外にさんぽに行くときには、足にむすんだリボンの先を、12人のめし使いがもちました（ナイチンゲールは、ほんとうはいやでしたが、がまんしてだまっていました）。

王さまとナイチンゲール

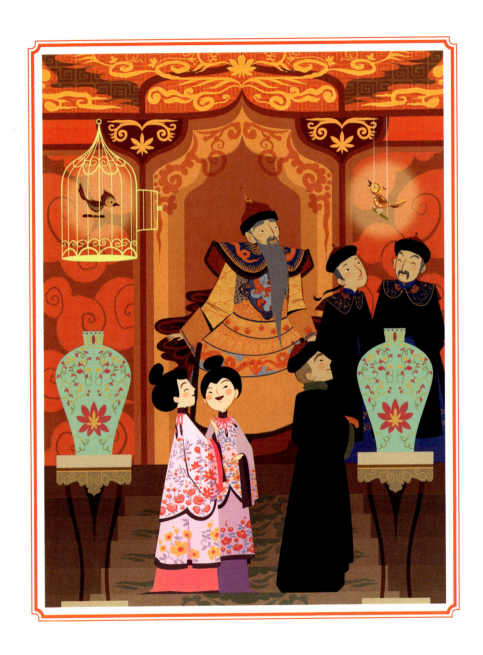

王さまとナイチンゲール

　ナイチンゲールのうわさは、国じゅうに広まりました。中には、声をまねて歌ったものもいたほどです。もちろん、ちっともにていませんでした。

　ある日、王さまへのおくりものをもって、遠くから使者がやってきました。「外国の王さまからです」

　はこをあけると、きかいじかけの金色の鳥が入っていました。宝石がちりばめられて、大きな金のかぎがついています。王さまはよろこんで、ぜんまいを回しました。

「きかいのナイチンゲールだ！　ほんものといっしょに歌わせよう」

　ほんもののナイチンゲールは、きかいの鳥といっしょに歌おうとしましたが、きかいのかなでる、かたい音楽には合いませんでした。王さまはもういちど、ぜんまいを回しましたが、家来たちが言いました。

「新しいナイチンゲールのほうが、いい声だ！　毎回ぴったり同じように歌ってくれる！」

　そのとき、ほんもののナイチンゲールが、そっとごてんから、とびたったのに、だれも気がつきませんでした。

王さまとナイチンゲール

　やがて、きかいのナイチンゲールは、ほんものよりも、もてはやされるようになりました。昼でも夜でも歌ってくれるし、毎回同じ歌なので、みんなすぐにおぼえられます。ところがある日、ギーッと、ひどい音がしました。

　王さまは、ゆうめいなしょくにんをよびました。しょくにんは、きかいをぶんかいし、中をつついて言いました。

「きかいがこわれかけています。できるかぎりのことはしますが、これからは、歌わせるのは１年に１回にしてください」

　王さまは、ひどくがっかりしました。やがて、ナイチンゲールの歌声を聞けなくなったかなしみで、病気になってしまいました。ごてんの中は、しんとして、みんな、こそこそ歩くようになりました。

　大臣たちは、つぎの王さまは、だれがいいか、おおっぴらに話すようになりました。まるで、もう王さまが死んでしまったかのように。

王さまとナイチンゲール

　りっぱなちょうこくのベッドに、王さまがねています。王さまは、ベッドのそばのくらがりに、死に神がいるような気がしました。死に神が、これまで王さまがしてきた、よいことやわるいことを、とやかく言うのです。王さまは「うるさい！　だまれ！」と、さけびました。きかいのナイチンゲールのぜんまいをまこうとしましたが、もうその力はありません。王さまの目になみだがうかびました。

　そのとき、すみきったうつくしい声が、へやにひびきわたりました。王さまが目をあけると、まどべに、ほんもののナイチンゲールが、とまっているではありませんか。死に神は、もう、きえていました。

「おお、ナイチンゲールよ。さびしかったぞ。どうか、わしのそばにいておくれ」

　ナイチンゲールは答えました。

「わたしは、ごてんではくらせません。けれど、いつでも会いに来ます。わたしは、いつまでも王さまのみかたですから」

火の鳥

むかし、イワンという名の王子がいました。イワン王子は犬をつれて、馬で森をかけめぐるのがすきでした。ある朝、森の中で、まぶしく光る鳥を見かけました。

火の鳥

　その鳥は、長いつばさとしっぽが火のようにかがやいて、まわりに光をはなっています。イワン王子は、馬にのって火の鳥をおいかけましたが、どんなにがんばっても、おいつけません。

　いったんすがたを見うしなっても、イワン王子はあきらめずに、火の鳥をさがしました。夕方、またちらりとすがたが見えたので、おっていくと、火の鳥は、あるお城の庭に入っていきました。王子が馬をおりて、門をあけると、そこはふしぎなリンゴ園でした。木には金色のリンゴがなっています。そして、騎士の形をしたぶきみな石の像が、いくつもありました。

　そのとき、光のわが見えました。イワン王子はこっそり近づいて、うつくしい鳥をつかまえました。

　火の鳥は言いました。
「どうか、ころさないでください！」
　王子は答えました。
「ころすなんて、とんでもない！」

火の鳥

「はなしてくれたら、わたしの羽を1本あげましょう。いつかたすけがいるときがあれば、すぐにとんでいきますよ」

　イワン王子がはなしてやると、火の鳥はつばさを広げて、空高くまいあがりました。

　ひとりになったイワン王子は、すっかり夜になってしまったことに気がつきました。おまけに、ずいぶん遠くまで来ています。

　そのとき、にぎやかな声が聞こえてきました。12人のうつくしいむすめが、リンゴ園に入ってきたのです。

　そのあとから、ひとりのうつくしいおひめさまが、あらわれました。月あかりの下、みんなで金のリンゴをもいで、なげてあそんでいます。

　かげから見ていたイワン王子は、近づいていって、えがおで声をかけました。

「こわがらないで。ぼくもなかまに入れてください」

火の鳥

　夜が明けるころには、イワン王子は、おひめさまのことがすきになっていました。ところが、空が明るくなるにつれて、むすめたちの顔がくもりました。おひめさまが言いました。
「もう、お城に帰らなければなりません。あなたもお帰りください。ここにいると、きけんです」
「なぜですか？」
　イワン王子は、たずねました。
「このお城は、カスチェイという、わるいまほう使いのものなのです。わたしたちは、とらわれのみです。見つかったら、あなたも石にかえられてしまいます」
　イワン王子は、まわりにある石の像を見て、ぞっとしました。
「この騎士たちは、もとは生きていたのですね？」

　けれど、おひめさまがわるいまほう使いにとらわれているのに、見すてるわけにはいきません。イワン王子は、お城に歩いていって、大きなてつのとびらをこじあけました。

火の鳥

　かねの音が鳴りひびいて、お城から、わるいまほう使いのカスチェイと、100ぴきのあくまが、あらわれました。カスチェイはイワン王子を見ると、おこってまほうをかけようとしました。ぎりぎりのところで、イワン王子は火の鳥にもらった羽を思いだして、「火の鳥、たすけてくれ」と、つぶやきました。

　すると、あたりがとつぜん明るくなって、火の鳥がまいおりてきました。火の鳥は木から木へと、とびまわりながら、カスチェイたちにまほうをかけ、はげしくおどらせます。とうとう、カスチェイたちはつかれはてて、たおれこみました。

　火の鳥は長いくちばしで、1本の木のほうをさししめしました。

「早く！　この木のうろを見て！」

　イワン王子がうろの中を見ると、てつのはこが入っていました。あけてみると、出てきたのは、かがやく金のたまごでした。

火の鳥

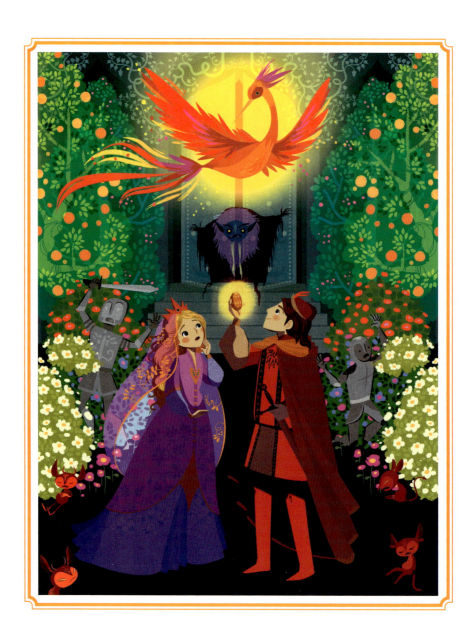

火の鳥

　火の鳥がイワン王子にささやきました。
「このたまごは、カスチェイの、たましいです。たまごをわれば、カスチェイも手下も死んでしまうのです」
　イワン王子は、たまごを手にとりました。おきあがったカスチェイは、それに気づいて大声をあげました。王子がたまごを強くにぎると、カスチェイはくるしそうに、丸くなりました。たまごを手から手へなげると、カスチェイは、ちゅうを行ったり来たりしました。
　さいごに、イワン王子は、たまごを高く上げて、下にたたきつけました。かみなりが鳴りひびいたかと思うと、カスチェイも、あくまたちも、リンゴ園も、きえてしまいました。
　あとにのこったのは、たくさんの石の像だけです。朝日をあびて、石の騎士たちの顔に赤みがさしました。騎士たちは、いきをふきかえして、おどろきながら、かたまった体をのばしています。
　おひめさまが走ってきて、イワン王子にだきつきました。そしてふたりは、火の鳥が太陽にむかって、はばたいていくのを、ながめました。

雪(ゆき)の女王(じょおう)

その1

むかし、ごみごみした町(まち)の、となりどうしの2けんの家(いえ)に、カイとゲルダという子(こ)どもが、すんでいました。ふたりは、とてもなかよしでした。

雪の女王

　カイとゲルダの家は、くっつきそうなほど近いので、まどからおしゃべりができました。
　夏になると、それぞれのまどべで赤と白のバラをそだてました。冬になると、あたたかいへやの中で、ゲルダのおばあさんがお話をしてくれました。
　12月のあるふぶきの夜、おばあさんが言いました。
「こんな夜は、あぶないからへやの中でじっとしていなさい。ふぶきの中には、雪の女王がひそんでいるからね。雪の女王には、ぜったいに近づいちゃいけないよ」
　あるとき、カイがひとりで、まどに顔をくっつけていると、外にまっ白な顔のうつくしい女の人が見えました。こおりのかんむりをつけていて、目は冬の星のように、きらきらかがやいています。その人はカイにほほえみかけましたが、カイはこわくなって目をそらしました。
　そのとき、カイの目と、むねが、ちくりといたみました。

雪の女王

　雪の女王が、こおりのかけらをカイにつきさしたのです。そのせいで、カイはうつくしいものが見えなくなり、やさしい心もなくなってしまいました。
　その何日かあと、ゲルダは、おばあさんになやみをうちあけました。
「どうしてカイは、あんなにいじわるになったのかしら。わたしがなくと、カイはわらうのよ」

　カイはもう、ゲルダとあそばなくなりました。「花をそだてるなんて、女の子だけだ」とか、「お話を聞くなんて、小さな子どもだけだ」とか言って、雪の広場で年上の男の子たちとばかりあそびます。
　ある日、カイのもとへ、りっぱな銀色のそりが近づいてきました。そりにのっているのは、雪の女王でした。
「カイ、わたしをおぼえているかしら？　このそりに、おのりなさい」

雪の女王

雪の女王

　カイは雪の女王のことを、だれよりもうつくしいと思いました。女王は、つめたいくちびるでカイのおでこにキスをすると、そりを走らせました。はげしく雪がまう中、そりは町を出て、空をとんでどんどん遠くへ行き、とうとう雪の女王のお城につきました。
　町では、カイがいなくなったわけを、だれも知りませんでした。広場にいた少年たちは言いました。
「あの子は、よく川べでそりあそびをしていたよ。川におちて、おぼれたのかな」
　カイのことを心配していたのは、ゲルダただひとりでした。春になると、ゲルダは川べに行って、川にささやきました。
「わたしの友だちを、かえしてちょうだい。わたしの新しい赤いくつをあげるから」
　ゲルダは、くつを川になげましたが、川はくつをうばっただけで、なにも答えてくれません。ゲルダは「もっと遠くになげれば、よかったのかしら」と思いながら、そこにあったボートにのって、きしをはなれました。

ボートは、ながれにのって、川をくだりはじめました。もうとめることはできません。ゲルダは、「これでカイのところに行けるかもしれないわ」と、思いました。
　川がまがるところで、ボートがとまって、きしにつきました。そばには、きれいな小さな家がたっていて、庭には、ぼうしをかぶったおばあさんがいました。
　「おじょうちゃん、だいじょうぶ？」
　おばあさんは、ボートをおさえて、ゲルダをおろしてくれました。
　「かわいそうに。家にお入りなさい」
　おばあさんは心の中で思いました。
　「なんて、かわいい子なんだろう。いつまでも、ここにいてくれたらいいのに……」
　おばあさんは、ゲルダのかみを、やさしくとかして、ねむらせました。そして、ゲルダのきおくを、けしてしまったのです。おまけに、ゲルダが庭のバラを見て家を思いだしたりしないように、バラの木をすっかり切ってしまいました。

雪の女王

　おばあさんはとてもやさしくて、ゲルダは、この家で楽しくくらしましたが、ときどき、なにかがおかしいとかんじていました。

　ある夏の日、いすの上においてあったおばあさんのぼうしが、ふと目にとまりました。ぼうしのもようを見て、ゲルダは声をあげました。

「バラだわ！」

　そして、きおくがもどってきたのです。

「カイ！　ああ、わたしは、なにをしていたのかしら？」

　ゲルダは家をとびだすと、なみだをうかべて、よろめきながら森の中を走っていきました。つかれて立ちどまったとき、１わのカラスがぴょんぴょん近づいてきました。

「おじょうさん、なぜないているのかい？」

「まあ、カラスさん。友だちのカイをさがしているのよ。見かけなかった？」

　ゲルダがくわしく話すと、カラスはさわぎだしました。

雪の女王

「見たよ！　見たよ！」
　カラスは言いました。
「この国のおひめさまが、花むこをさがすことになって、おふれを出したんだ。おおぜいのわかものたちが、おひめさまに会いに行ったけれど、だれひとり、おひめさまの心をつかめなかった。そこに、茶色いかみの少年が、ぴかぴかの黒いブーツをキュッキュッと鳴らしながら、やってきたんだ」
「それはきっとカイだわ！　カイのじまんの新しいブーツね！」
　カラスは話をつづけました。
「少年は、『おひめさまは、たいそう頭がいいかただと聞いたので、おしゃべりがしたくて来ただけです』と言ったんだ。おひめさまは、すっかりうれしくなって、その少年とけっこんしたんだよ」
「まあ、カイがしあわせになってよかったわ。ねえ、カラスさん、カイに会いに行けないかしら？」

雪の女王

「じゃあ、ぼくがお城へあんないしよう」
　カラスは先をとんで、ゲルダをあんないしました。
「だけど、きみは夜になるまで、かくれていたほうがいい。そんなみすぼらしいかっこうでは、番人やめし使いに、おいはらわれてしまうよ」
　お城につくと、カラスは自分だけ台所にしのびこんで、ゲルダのために、パンをとってきました。
　その夜、カラスは、とうの下の小さなとびらの前に、ゲルダをつれていきました。カラスとゲルダは、らせんかいだんをのぼって、てっぺんの、ごうかなへやにつきました。そこには、赤と白のユリの形のベッドがあって、白いユリのベッドでは、おひめさまが、すやすやねむっていました。
　ゲルダはどきどきしながら、もうひとつのベッドに近づいていきました。
「カイ？　あなたなの？」

雪の女王

その2

目をあけた王子さまを見て、ゲルダは声をあげました。
「まあ！　カイじゃないわ。にているけれど、べつの人よ」

雪の女王

　王子さまがおきあがると、おひめさまもおどろいて目をさましました。ふたりはゲルダの話を聞いて、かわいそうに思いました。そして、つぎの日、ごうかなベルベットのふくと、毛がわと、金色の馬車をあたえて、ゲルダをおくりだしました。

　その夜、ゲルダの馬車が、くらい森に入ると、金色のかがやきに引きよせられて、どろぼうのグループが近づいてきました。どろぼうたちは、木のあいだからおそいかかって、馬をうばい、ゲルダを引きずりだしました。

　どろぼうのおばあさんが、「この子は食ったらうまそうだ！」とナイフをかざしたところに、黒いまき毛の少女がとびこんできて、とめました。

　「だめだよ！　あたしの友だちになるんだから。ふたりで馬車にのって、うちに帰ろう」

　ゲルダは、こわくなりましたが、少女がやさしくしてくれるので、ついていくことにしました。

雪の女王

　どろぼうの少女は、「あたしのペットたちを見せてあげるよ」と、石かべのへやのおくに、ゲルダをつれていきました。そこにあるぼろぬのが、少女のねどこなのです。ねどこの上には、かごがたくさんあって、100わのハトがいました。そのよこではトナカイが、かべにつながれています。

　少女はゲルダにたずねました。
「すてきなドレスだね。あんたは、おひめさまなの？」
　ゲルダはこれまでの話を聞かせて、たずねてみました。
「どこかでカイを見かけなかった？」
　すると、ハトたちが答えました。
「見たよ、見たよ。カイが雪の女王のそりで、ラップランドに行くのを見たよ。さむい、さむいところだよ」
「ラップランド？」ゲルダはたずねました。
　すると、トナカイが言いました。「雪の女王はラップランドにすんでいるよ。ぼくのふるさとだよ」

雪の女王

ゲルダは声をあげました。
「どうすればラップランドに行けるの？」
どろぼうの少女は言いました。
「ここからにげだせばいい。あたしがたすけてやるよ。けど、今はだめだ。あしたがいい。男たちが出かけていくから。あたしのトナカイにのっていきな。ただし、そのドレスは、あたしがもらうよ。そんなきれいなふく、きたことがないんだ」
つぎの朝、少女はゲルダに古いふくをきせ、トナカイにのせると、トナカイをナイフでおどしました。
「いいかい、この子をぶじに、おくりとどけるんだよ」
トナカイは、ぐんぐんスピードを上げて走ります。森をぬけ、一日じゅう走りつづけて、ラップランドの雪野原につきました。トナカイがつかれてきたころ、遠くに小屋が見えました。ゲルダは、トナカイからおりて、小さなまどをノックしました。

雪の女王

　小屋にいたのは、ひとりのおばあさんでした。
「かわいそうに、どうやってここまで来たの？　さあ、中に入って、あたたまりなさいな」
　ゲルダがこれまでの話をすると、おばあさんは、ためいきをつきました。
「そのとおり。雪の女王はこの近くに、あんたの友だちのカイとすんでいるわ。女王はカイの目と心に、こおりのかけらをさしたのよ。カイは自分では知らないけれど、そのかけらをとらないかぎり、もとのやさしいカイにはもどらないわ」
　トナカイがたのみました。
「おばあさん、ゲルダに、とくべつな力をあたえてくれませんか？」
「そのひつようはないわ。こんな小さな女の子なのに、はるばるここまで来たんだから、ゲルダは自分が思っているより、強い子なのよ。雪の女王のお城まで、つれていってごらんなさい」

雪の女王

雪の女王

　トナカイは、雪の女王のお城のそばで、ゲルダをおろしました。ゲルダは、ひとりぼっちになりました。雪がはげしくふっています。雪のつぶがぐんぐん大きくなって、オオカミやクマの形の雪のばけものになりました。

　ゲルダがぎょっとして、いのりをとなえると、そのいきが天使の形になりました。天使たちは、ゲルダをぐるりとかこんで、雪のばけものを、おいはらってくれました。

　ゲルダはひとり、こおりのお城にむかって歩いていきました。お城の中はしんとして、雪だらけのがらんとしたへやが、数えきれないほどありました。ぶきみなオーロラの光が、へやをてらしています。いちばん大きなへやには、こおりのみずうみがありました。そのまん中に、雪の女王の、こおりのいすがあります。

　けれど、雪の女王は南の国に出かけていて、るすでした。ふぶきをおこして、人びとをこまらせに行ったのです。ゲルダはがっかりしましたが、よく見ると、いすのよこに、だれかが丸まっています。あまりのさむさで、顔はまっ白で、うごく力もなくなっています。

雪の女王

「カイ！」

　ゲルダはかけよると、カイをだきしめました。あたたかいなみだが、カイのむねにこぼれおち、ささっていたこおりのかけらをとかしました。

　カイはおどろいて、顔を上げました。

「ゲルダ？　ぼくをさがして、はるばる来てくれたんだね？」

　カイの目からなみだがあふれて、もうひとつのかけらがながれおちました。ふたりがしっかりとだきあうと、ゲルダのぬくもりが、カイの体にゆっくり広がっていきました。

　ふたりは手をつないで、お城をぬけだしました。ふぶきはぴたりとやんで、空はすみきっていました。

　地平線に、明るい太陽がのぼってきます。ふたりは南へむかって出発しました。

雪の女王

　ふたりが、ラップランドのおばあさんの小屋につくと、雪がとけはじめました。
　どろぼうの少女の森では、みどりのわかばが、めを出しました。おひめさまの国では、春の花がさきはじめました。川のほとりでは、リンゴの木に花がついていました。そして、ふたりが町に帰ると、家いえのまどべで、バラがさいていました。
　ゲルダのおばあさんは、黒いふくをきて、まどべにすわっていました。ゲルダとカイのすがたを見たときは、うれしさのあまり、口がきけなかったほどでした。
　3人は、あたたかな日ざしの中、前のようにしっかりとよりそいました。

空(そら)とぶ馬(うま)

むかし、ふしぎなきかいや、まほうが大(だい)すきな王(おう)さまがいました。

ある日(ひ)、発明家(はつめいか)が、ほんものと同(おな)じ大(おお)きさの、金色(きんいろ)のもようがついた黒(くろ)い馬(うま)をはこんできました。

空とぶ馬

「これはすばらしい！　この馬は、なにができるのかね？」
　王さまは発明家にたずねました。
「王さま、この馬は、風よりも速く空をとびます」
　そばで見ていた王さまのむすこが、げらげらわらいました。
「ばかばかしい！　いくらりっぱな馬でも、空などとべるわけがない」
　発明家はおこって王子をにらみました。
「では、自分でためしてごらんなさい。右のかたにあるつまみをひねって、あとは、たづなを引くだけです」
　王子は馬にとびのり、つまみをひねりました。馬がごてんの上まで上がっていって、みんなは、いきをのみました。
「おりるときは、どうするんだ？」

　王子がさけびましたが、発明家は、いじわるな顔でわらいました。
「ふん！　考えなしに、わたしをからかうからだ」

空とぶ馬

　王子は、ぐんぐん空にのぼっていき、雲にかくれて見えなくなりました。王さまはおこり、おきさきさまは、なきさけびました。そして、発明家はろうやに入れられました。
　そのころ、王子は空の上で考えていました。
「上がるつまみがあるなら、下がるつまみもあるはずだぞ」
　そのとおり、馬の左のかたに、べつのつまみがありました。王子は空中で、自由に上がったり下がったりできるようになりました。
　日がくれるころ、王子は国を遠くはなれて、みどりの丘と、かじゅ園のある国の上にいました。りっぱなごてんの丸やねが見えたので、おりていって、そのやねにとまりました。中に入ると、とびらのよこで、番人がいねむりしていました。へやの中には、はっとするほどうつくしいひめがねむっていました。
　ひめは目をさまして、はずかしそうにほほえみながら、たずねました。
「あなたは、だれ？」

空とぶ馬

　それから、長いおしゃべりをするうちに、王子とひめは、おたがいのことが、すきになりました。やがて、外から声がひびいてきました。ひめの父親である王さまが、ずかずかと入ってきたのです。
「むすめのへやに、しのびこんだどろぼうは、どこのどいつだ？」
「ぼくは、どろぼうじゃありません。王子です。おひめさまと、けっこんさせてください」
「へやにしのびこむような男に、むすめをやるものか。ぶれいものめ。死けいにしてやる」
　王子はすばやく考えて、こう言いました。
「どうか、ぼくにチャンスをください。王さまのぐんたいの前から、きずひとつうけずに、にげてみせましょう。それができたら、けっこんをみとめてください」
「ふん！　まあよい。わしには10万人の兵士がいる。10万回切られるがよい」

空とぶ馬

　ひめは心配して青ざめていましたが、王子は、だいじょうぶだよと、えがおでつたえました。
　つぎの朝、門の外に兵士が、せいぞろいしました。おそろしいこうけいです。けれど、王子はおちつきはらって、王さまにたずねました。
「馬を使ってもいいでしょうか？」
「よかろう。わしの馬屋から、すきな馬をえらべ」
「いいえ、自分の馬にのります。ごてんのやねの上にいますから、つれてきてください」
　めし使いが、黒いきかいの馬をはこんでくると、みんなはばかにして、げらげらわらいました。
　王子が馬にのり、王さまは兵士に「かかれ！」とめいじました。

空とぶ馬

　黒い馬は、ゆっくりとちゅうにうきあがりました。王子はときどきヒュッと馬を下げて、兵士に近づきますが、兵士のけんも、やりも、王子にとどきません。そのあと、王子はひめのいるバルコニーまで、ふわりととんでいきました。そして、ひめを馬にのせて、とびさったのです。
　夜になるころ、ふたりをのせた黒い馬は、王子の国の、ごてんにつきました。庭におりるとき、王子は、黒いはたがゆれて、たくさんのなき声が聞こえているのに気がつきました。
　王子はひめに言いました。
「なにかたいへんなことが、おきたにちがいない。ここで、まっていてくれないか。まずは、ぼくがようすを見てくる」
　王子は、ひめをのこして、早足でごてんに入っていきました。ところが、人びとは、王子のすがたをひと目見て、ひめいをあげました。
「ゆうれいだ！」

空とぶ馬

　びっくりしたのは、王子のほうです。
「ゆうれい？　ぼくが死んだと思って、ないていたのか！　こんなにぴんぴんしているのに」
「あのおいぼれ発明家が、王子さまをころしたと思ったのです！　発明家は、今、ろうやにいます！」
「まずは、発明家をろうやから出してくれ」
　王さまもおきさきさまも、王子が帰ってきて、大よろこびでした。
　ろうやから出た発明家は、よろよろと庭にやってきましたが、ひどいしうちをうけて、まだ王子をうらんでいました。そして、庭に黒い馬と、外国のひめがいるのを見て、あることを思いつきました。
「おひめさま、王子さまの使いで、おむかえにまいりました。大広間に来るようにと、おおせです。どうぞ馬におのりください」
　ひめは、ことわりました。
「わたしは、この馬ののり方を知りませんから」

空とぶ馬

「わたしがお教えしますよ」
　発明家は、ひめといっしょに馬にのると、つまみをひねって、馬をちゅうにうかせました。ところが、ごてんをはなれて、ぐんぐん遠くまで、海をこえてすすんでいくではありませんか。
　ひめはだまされたと気がついて、しくしくなきましたが、発明家はわらうばかりでした。
　やがて、ふたりをのせた馬は、ある森のそばにおりました。
　ひめが、たすけをもとめてさけぶと、森にかりに来ていたべつの国の王さまのいちだんが、その声を聞きつけました。その王さまは、ひめを気に入って、いごこちのいいへやにすまわせ、黒い馬は宝もののへやにかざりました。
　発明家は、またもや、ろうやに入れられて、なくしかありませんでした。けれど、もっとないたのが、ひめでした。
　ひめがいつまでも、ないてばかりいるので、家来たちが言いました。

空とぶ馬

「王さま、あのおひめさまは病気かもしれません」
「では、よい医者をさがせ。わしが気に入ったひめだ。かならず、なおすのだ」
　たくさんのかしこい人たちが、くすりや、じゅもんや、おまもりをもってきましたが、どれもききめがありませんでした。
　ある日、遠い国から、わかい医者がやってきました。
「ぼくは、そういう病気にくわしいのです。どれ、見てみましょう」
　ひめは、その医者を見たとたん、ぴたりとなきやみました。王さまは、たいそうかんしんしました。
　なぞのわかい医者は言いました。
「ですが、またすぐ、なきだすでしょう」
　そのとおり、ひめは、またなきはじめました。
「ぼくがおひめさまを、きちんとなおしてあげましょう。そのためには、おひめさまを見つけた森に、行かねばなりません。ただし、そのとき、そこにあったものは、すべてそろえてください」

空とぶ馬

空とぶ馬

　そこで王さまは、ひめと黒い馬を森にはこびました。発明家は、くさりにつないで歩かせました。
　わかい医者が言いました。
「どうやら、この馬のせいのようです。おひめさまとぼくが馬にのって、じゅもんでのろいをときましょう。さあ、みなさん、はなれてください」
　発明家は、医者の正体が王子だと気がついてさけびましたが、もうまにあいません。王子とひめと黒い馬は、空にまいあがっています。
　王子はこの国の王さまに、大声で言いました。
「王さま、だましてすみません。ほかのうつくしいひめと出会えるよう、おいのりしますよ」
　王子はひめをつれて、自分の国に帰りました。
　ふたりのけっこんしきは、何週間もつづきました。黒い馬は、きかいをこわして、とべないようにしてから、王さまの宝ものとして、かざることになりました。王さまは言いました。
「馬はとばないほうが、安心だからな」

Royal Fairy Tales for Bedtime
Retold by Mairi Mackinnon
Illustrated by Lorena Alvarez
First published in 2012 by Usborne Publishing Ltd.,
Copyright ©2012 Usborne Publishing Ltd.
All rights reserved.
Japanese translation rights arranged with Usbone Publishing Ltd.
through Japan UNI Agency, Inc., Tokyo

ひとりよみ名作　プリンセスものがたり

2015年11月9日　初版第1刷発行

再話／マーリー・マッキノン
絵／ロレーナ・アルヴァレス
訳／西本かおる
発行者／塚原伸郎
発行所／株式会社小学館
　　　〒101-8001　東京都千代田区一ツ橋2-3-1
　　　電話　編集03-3230-5416　販売03-5281-3555

Printed in China　ISBN978-4-09-290612-9
Japanese text ©Kaoru Nishimoto

＊造本には十分注意しておりますが、印刷、製本など製造上の不備がございましたら「制作局コールセンター」（フリーダイヤル0120-336-340）にご連絡ください。（電話受付は、土・日・祝休日を除く9:30〜17:30）
＊本書の無断での複写（コピー）、上演、放送等の二次利用、翻案等は、著作権法上の例外を除き禁じられています。
＊本書の電子データ化などの無断複製は著作権法上の例外を除き禁じられています。代行業者等の第三者による本書の電子的複製も認められておりません。

ブックデザイン●城所潤＋大谷浩介（ジュン・キドコロ・デザイン）
制作●鈴木敦子　資材●斉藤陽子　販売●福島真実
宣伝●月原薫　編集●喜入今日子